Le Petit Voleur d'ombres

Marc Levy

Le Petit Voleur d'ombres

Illustrations de Fred Bernard

R JEUNESSE

Robert Laffont | Versilio

MIXTE
Papier issu de sources responsables
FSC® C003309
FSC www.fsc.org

L'Éditeur de cet ouvrage s'engage
pour la préservation de l'environnement
et utilise du papier issu de forêts gérées de manière responsable.

Loi n° 49-956 du 16 juillet 1949
sur les publications destinées à la jeunesse

ISBN : 978-2-221-24047-2
ISSN : 2497-8949

N° éditeur : 60799/02 – Dépôt légal : novembre 2019

Composition et mise en pages Nord Compo à Villeneuve-d'Ascq

Imprimé en France par PPO Graphic 91120 Palaiseau

Une personne bien élevée
ne marche pas sur l'ombre de son voisin.

Proverbe chinois

Moi

Maman

Marquès

La directrice

Mme Schaeffer

Élisabeth

Luc

Yves, le gardien

Papa

Mme Henry

Le prof de sciences

Cléa

Tu verras, tout va bien se passer

C'est la rentrée des classes. Adossé à un platane, je regarde les groupes se former dans la cour du collège. Je n'appartiens à aucun d'eux. Je n'ai droit à aucun sourire. Pas un signe témoignant de la joie de se retrouver à la fin des vacances, et personne à qui raconter les miennes.

Ceux qui ont changé d'école connaissent ces matinées de septembre où, la gorge nouée, on ne sait pas quoi répondre à nos parents quand ils vous assurent que tout va bien se passer. Comme s'ils se souvenaient de quelque chose ! Les parents ont oublié, ce n'est pas leur faute, ils ont juste vieilli. Plus tard, quand je serai grand, il faudra que je me souvienne de ne pas vieillir.

Sous le préau, la sonnerie retentit. Les élèves s'alignent devant les professeurs qui font l'appel.

J'appartiens à la sixième C et, une fois encore, je suis le plus jeune. Mes parents ont eu la sombre idée de me faire naître en décembre et moi celle d'apprendre à

lire très vite. Ils en ont conclu que j'étais « précoce » et m'ont fait sauter une classe. Ça les rend très fiers que leur fils ait un an d'avance, ils trouvent toujours le moyen de glisser ça dans leurs conversations.

À les écouter, on croirait qu'il s'agit d'un événement aussi important que la découverte

d'un vaccin. Maman me dit qu'ainsi je finirai plus vite mes études. Tu parles... Pourquoi les adultes veulent-ils toujours faire la course dans leur vie ? Pour arriver les premiers à la fin ?

Lorsque je serai grand, je ferai aussi attention à ne pas vivre trop vite. Les adultes font ce qu'ils veulent, mais moi j'ai bien l'intention de profiter de chaque journée !

Mes parents n'ont vraiment rien compris à l'école. Avoir un an de moins que vos copains, revient à être le plus jeune de la classe, c'est mathématique et c'est aussi une punition permanente : quand vous êtes le plus petit c'est toujours vous qui devez nettoyer le grand tableau blanc, empiler les tapis dans la salle de sport, aligner les ballons de basket sur l'étagère trop haute et, le pire du pire, poser seul, assis en tailleur, au premier rang sur la photo de classe. Il n'y a aucune limite à l'humiliation quand on est au collège. Et comme si tout cela ne devait pas suffire, parmi les élèves de la sixième C se trouve le dénommé Marquès, une terreur, tout mon contraire.

Si j'ai dix-huit mois d'avance, Marquès lui a deux ans de retard et ses parents se fichent pas mal de l'école. D'ailleurs, ils n'étaient même pas là ce matin alors que maman est restée une éternité derrière la grille avec un grand sourire crispé. C'était terriblement gênant, alors j'ai fait comme si je ne la connaissais pas.

Mais revenons à Marquès. Je porte des lunettes, lui a des yeux de lynx. Je mesure dix centimètres de moins que les garçons

de mon âge, Marquès dix de plus, ce qui crée une vraie différence d'altitude entre nous. Je déteste le basket (le panier est bien trop haut), Marquès n'a qu'à lever le bras pour mettre le ballon dans le filet. J'aime la poésie, lui le sport. J'adore observer les sauterelles sur le tronc des arbres, Marquès ne pense qu'à les capturer pour leur arracher les ailes…

Nous allions pourtant avoir très vite un point en commun : Élisabeth. Dès que nous l'avons vue, nous sommes tous les deux tombés amoureux d'elle. Élisabeth n'est pas la plus jolie fille du collège, bien mieux que ça, elle est celle qui a le plus de charme. Elle noue ses cheveux de façon magnifique,

ses gestes sont gracieux et son sourire éclairerait les plus tristes journées d'automne, quand la pluie tombe sans cesse et que vos chaussures détrempées font flic floc sur le goudron, ces journées où les réverbères éclairent la nuit sur le chemin de l'école, matin et soir.

Mon enfance est là, dans cette petite ville où j'attends désespérément qu'Élisabeth daigne me regarder, où j'attends désespérément de grandir.

Il aura suffi d'une journée pour que Marquès me déteste. Le lundi matin, notre professeur d'anglais, madame Schaeffer, nous a fait son premier cours sur le prétérit. Le prétérit c'est la version anglaise de l'imparfait, le temps qu'on utilise pour une action qui appartient au passé.

PRETERIT

Soudain, madame Schaeffer m'a désigné du doigt en me demandant si je rêvassais. Pour lui prouver que j'étais bien attentif, elle voulait que je lui donne un exemple. Lorsque j'ai répondu que ce serait drôlement chouette que l'année scolaire soit au prétérit, Élisabeth a laissé échapper un grand éclat de rire. Ma blague n'ayant fait rigoler que nous deux, j'en ai déduit que le reste de la classe n'avait rien compris au sens du prétérit en anglais. Et Marquès en a conclu que j'avais marqué des points avec Élisabeth. C'en était fait du reste de mon trimestre. À la fin de ce premier cours d'anglais, Marquès m'a lancé un regard terrifiant et j'ai compris que j'allais vivre un enfer.

Pour commencer, j'ai récolté une colle de madame Schaeffer, sentence applicable dès le samedi matin suivant. Je ne savais pas encore ce qu'était une « colle », à part celle dont je me servais pour mes maquettes d'avions. Eh bien, au collège, une colle c'est un truc beaucoup moins utile et bien moins marrant. En résumé, cela consiste à passer trois heures à ramasser des feuilles dans la cour. Je déteste l'automne !

Le mardi et le mercredi, j'ai eu droit à une série de croche-pattes de la part de Marquès. Chaque fois que je m'étalais, il récupérait son retard dans la course à celui qui ferait le plus rire les autres. Il a même pris de l'avance, mais Élisabeth ne trouvait pas ça drôle, et son appétit de vengeance était loin d'être rassasié.

Le jeudi, Marquès est passé à la vitesse supérieure, et moi j'ai passé l'heure du cours de maths enfermé dans mon casier,

dont il avait cadenassé la porte après m'y avoir fait entrer de force en me tirant par les cheveux. J'ai attendu qu'il s'en aille et j'ai appelé à l'aide. Heureusement, le gardien du collège qui balayait les vestiaires a fini par m'entendre. J'ai pu lui souffler la combinaison et il m'a sorti de là.

Pour ne pas m'attirer plus d'ennuis en passant pour un cafteur, j'ai juré que je m'étais bêtement enfermé tout seul en cherchant à me cacher. Intrigué, le gardien m'a demandé comment j'avais pu verrouiller le cadenas depuis l'intérieur. J'ai fait semblant de ne pas avoir entendu sa question et j'ai filé à toute vitesse. Du coup, j'ai manqué l'appel et ma punition du

samedi a été rallongée d'une heure par le professeur de mathématiques.

Le vendredi a été la pire journée de la semaine. Marquès avait décidé d'expérimenter sur moi ce que nous venions d'apprendre pendant le cours de physique de 11 heures : les principes de la gravitation universelle. L'énoncé qu'on peut lire dans le manuel est plutôt compliqué, mais cette loi découverte par Isaac Newton explique pourquoi tout ce qu'on lance finit par retomber par terre. Dans la pratique, c'est une autre histoire ! Prenez un élève qui vole une tomate à la cantine pour jouer un mauvais tour. Attendez que sa victime se trouve à une distance raisonnable, qu'il lance la tomate de toutes ses forces, et vous verrez qu'avec Marquès, la loi de Newton ne s'applique pas comme prévu. La preuve : au lieu de s'écraser au sol, la tomate a atterri directement sur mes lunettes.

Et au milieu des rires qui ont envahi la cantine, j'ai reconnu celui si joli d'Élisabeth, si franc et si joli, et ça m'a filé un sérieux coup de cafard.

Ce vendredi soir, lorsque ma mère m'a répété sur un ton sous-entendant qu'elle a toujours raison « Tu vois, tout s'est bien passé », j'ai déposé mon bulletin de colle sur la table de la cuisine, annoncé que je n'avais pas faim et je suis monté dans ma chambre.

Apprivoiser la nuit

Le samedi matin, pendant que mes camarades prenaient leur petit déjeuner devant la télévision, moi je prenais le chemin du collège.

La cour était déserte. Le gardien a replié mon bulletin de colle signé par maman et l'a rangé dans la poche de sa blouse grise. Il m'a remis une fourche, en me demandant de prendre garde à ne pas me blesser. Puis il m'a montré un grand tas de feuilles et une brouette au pied du panier de basket, qui me rappelait les exploits de Marquès et les points que j'avais ratés.

Je me débattais avec mon tas de feuilles mortes depuis une bonne demi-heure quand le gardien est venu à ma rescousse.

— Je te reconnais, c'est toi qui t'étais enfermé dans ton casier, n'est-ce pas ? Se faire coller le premier samedi de la rentrée, c'est presque aussi fort que le coup du cadenas verrouillé de l'intérieur !

Il m'a enlevé la fourche des mains et l'a plantée dans le monticule. D'un geste assuré, il a soulevé plus de feuilles que tout ce que j'avais réussi à récolter depuis que j'avais commencé.

— Qu'as-tu fait pour mériter cette punition ? m'a-t-il demandé en remplissant la brouette.

— Une erreur de conjugaison...

— Mmm, je ne peux pas te blâmer, la grammaire n'a jamais été mon fort. Tu ne sembles pas très doué non plus pour le balayage. Qu'est-ce que tu saurais bien faire ?

Sa question m'a plongé dans une réflexion terrible. J'avais beau retourner le problème dans ma tête, impossible de me trouver le moindre talent, et j'ai soudain compris pourquoi mes parents accordaient tant d'importance à mes fameux dix-huit mois d'avance : je ne possède aucun don pour les rendre fiers.

— Il doit bien y avoir quelque chose que tu aimerais faire plus que tout, un rêve que tu voudrais réaliser, non ? a repris le gardien en ramassant un deuxième tas de feuilles impressionnant.

— Apprivoiser la nuit, ai-je dis en balbutiant.

Le rire d'Yves (c'est le prénom du gardien) a résonné si fort que deux moineaux ont abandonné leur branche pour s'enfuir à tire-d'aile.

Quant à moi, je suis parti tête basse et mains dans les poches vers l'autre bout de la cour. Yves m'a rattrapé en chemin.

— Je ne voulais pas me moquer, c'est juste que ta réponse est un peu... surprenante, voilà tout.

L'ombre du panier de basket grandissait dans la cour. Le soleil était loin d'avoir atteint son zénith et ma punition loin d'être finie.

— Et pourquoi voudrais-tu apprivoiser la nuit ? C'est vraiment une drôle d'idée !

— Vous aussi quand vous aviez mon âge, elle vous terrorisait. Vous demandiez même qu'on ferme les volets de votre chambre pour que la nuit n'entre pas.

Yves m'a dévisagé, stupéfait. Ses traits avaient changé, son air bienveillant avait disparu.

— De un, ce n'est pas vrai, et de deux, comment tu peux savoir ça ?

— Si c'est pas vrai, qu'est-ce que ça peut bien faire ? ai-je répliqué en continuant de marcher, les mains dans les poches.

— La cour n'est pas bien grande, tu n'iras pas loin ! m'a dit Yves en me rejoignant. Et tu n'as pas répondu à ma question.

— Je le sais, c'est tout.

— D'accord, c'est vrai que j'avais très peur de la nuit, mais je n'ai jamais raconté ça à personne. Alors si tu m'expliques comment tu l'as appris et si tu me jures de garder le secret, je te laisserai filer à onze heures au lieu de midi.

— D'accord !

Yves m'a topé dans la main et a désigné le banc près du panier de basket.

— Viens, allons nous asseoir, a-t-il dit.

— J'aimerais mieux qu'on aille ailleurs, lui ai-je répondu en montrant le banc à l'opposé.

— OK, va pour le tien !

Une fois installés, il m'a regardé fixement.

— Je t'écoute !

Pourquoi les adultes ont-ils besoin de trouver une explication pour chaque chose ? Voilà un autre truc que je ne ferai jamais quand je serai grand. Quand on se lève la nuit en cachette pour observer la lune par la fenêtre, on a pas besoin de savoir pourquoi elle ne dégringole pas sur la terre, sinon ça gâcherait tout le plaisir de veiller tard.

Comment lui expliquer que, juste avant, alors que nous étions côte à côte au milieu de la cour, une chose étrange m'était arrivée ? J'avais eu une vision, comme si un film se déroulait devant mes yeux. Je l'avais vu dans sa chambre, et encore plus étrange, il était à peine plus âgé que moi.

Je ne savais ni comment ni pourquoi cela s'était produit, seulement que le papier peint jauni de sa chambre se décollait par endroits, que le parquet de la maison où il vivait craquait et que, ça aussi, ça lui fichait une trouille bleue dès la nuit venue.

— Je n'en sais rien, ai-je dit un peu effrayé, il faut me croire, Yves, j'ignore comment j'ai appris tout ça, je crois que je l'ai juste imaginé…

Nous sommes restés tous les deux assis sur ce banc un long moment, en silence. Puis Yves a soupiré et m'a tapoté le genou avant de se lever.

— Bon, allez, tu peux t'en aller, il est onze heures. Et n'oublie pas notre pacte, tu dois garder mon secret pour toi. Je ne veux pas que les élèves se moquent de moi.

J'ai dit au revoir au gardien et je suis rentré chez moi, avec une heure d'avance sur l'horaire prévu, en me demandant comment papa allait m'accueillir. Il était revenu tard de voyage la veille au soir et, à l'heure qu'il était, maman avait dû lui expliquer pourquoi je n'étais pas à la maison. Quelle autre punition allais-je récolter pour avoir été collé le premier samedi de la rentrée ?

Pendant que je ressassais ces sombres pensées sur le chemin du retour, une chose bizarre a attiré mon attention. Le soleil était haut dans le ciel quand j'ai remarqué que mon ombre était étrangement grande, bien plus balèze que d'habitude. Je me suis arrêté un instant pour l'examiner. Ses formes ne me correspondaient pas, comme si ce n'était pas mon ombre qui me devançait sur le trottoir, mais celle d'un autre.

Alors que je l'observai en détail, j'ai eu à nouveau une vision, celle d'un moment d'enfance qui ne m'appartenait pas. Un homme m'entraînait au fond d'un jardin qui m'était inconnu, il ôtait sa ceinture et me donnait une sérieuse correction.

Même furieux, mon père n'aurait jamais levé la main sur moi. Jamais !

J'ai eu une idée folle en imaginant à qui appartenait ce souvenir. Vraiment folle, parce que ce qui m'est venu à l'esprit était totalement impossible, et pourtant… la vérité était devant mes yeux, sur le trottoir. Cette ombre n'était pas la mienne !

Alors, j'ai accéléré le pas, mort de trouille, bien décidé à rentrer au plus vite.

Tu comprendras quand tu seras grand

Mon père m'attendait dans la cuisine. Lorsqu'il m'a entendu poser mon cartable dans le salon, il m'a aussitôt appelé. Sa voix était grave.

J'avais déjà réussi, à cause d'une mauvaise note, d'une chambre en désordre, de jouets démontés, de pillage du frigo, de lectures en cachette à la lampe de poche sous ma couverture, sans parler du jour où j'avais volé des bonbons au supermarché (maman ne faisait pas attention à moi, contrairement au vigile), à faire naître

chez papa quelques fameux orages. Heureusement, je connaissais aussi quelques ruses. La meilleure : mon petit air de chien battu, capable de repousser les plus violentes tempêtes.

Je n'ai pas eu à m'en servir cette fois, papa n'avait pas l'air fâché, il était juste triste. Il m'a dit de m'asseoir en face de lui à table et a pris mes mains dans les siennes. Notre conversation a duré dix minutes, pas plus. Il m'a expliqué tout un tas de choses sur la vie, que je comprendrai quand j'aurai son âge. Je n'en ai retenu qu'une : il allait quitter la maison.

Nous allions continuer à nous voir aussi souvent que possible, mais il était incapable de m'en dire plus sur ce qu'il entendait par « possible ».

Papa s'est levé et m'a demandé d'aller réconforter maman dans sa chambre. Avant cette conversation, il aurait dit « notre chambre ». Désormais, ce ne serait plus que celle de maman.

J'ai obéi et j'ai grimpé à l'étage. Je me suis retourné sur la dernière marche, papa avait une petite valise à la main. Il m'a fait un signe en guise d'au revoir et la porte de la maison s'est refermée derrière lui. J'ai compris que ça faisait plusieurs mois qu'il avait décidé de nous quitter.

Il ne m'avait rien dit pour ne pas gâcher mes vacances et aussi pour je ne prenne pas en grippe ma nouvelle école. Parce que c'était à cause de son départ que nous avions déménagé… Au début tous ensemble, mais, à l'arrivée, seulement ma mère et moi.

J'ai passé le week-end avec maman en faisant semblant de ne pas entendre son chagrin.

Elle ne disait rien, mais parfois elle soupirait et ses yeux se remplissaient de larmes, alors elle se retournait pour que je ne la voie pas.

Samedi, nous sommes allés au supermarché. J'avais remarqué depuis longtemps que lorsque maman avait le cafard, nous allions faire des courses. Je n'ai jamais compris comment un paquet de céréales, des légumes frais ou des collants pouvaient faire du bien au moral… Je la regardais, très occupée dans les rayons, en me demandant si elle se souvenait que j'étais à côté d'elle. Le caddie plein et le porte-monnaie vide, nous sommes rentrés à la maison. Maman a passé un temps fou à ranger les provisions.

Ce jour-là, maman a fait un gâteau, un quatre-quarts aux pommes nappé de sirop

d'érable. Elle a mis deux couverts sur la table de la cuisine, a descendu la chaise de papa à la cave et est remontée s'asseoir en face de moi. Elle a ouvert le tiroir près de la gazinière, sorti le paquet de bougies usées que j'avais soufflées à mon anniversaire, en a planté une au milieu du gâteau et l'a allumée.

— C'est notre premier dîner en amoureux, mon chéri, m'a-t-elle dit en souriant, il faudra que nous nous en souvenions toujours, toi et moi.

L'enfance est pleine de premières fois, quand je serai grand, j'en inventerai d'autres, c'est un moyen formidable de rendre la vie gaie, surtout dans les moments un peu tristes.

Ce gâteau aux pommes et au sirop d'érable a été notre repas du soir. Maman a pris ma main et l'a serrée dans la sienne. Ce doit être un truc que font les adultes quand ils ont quelque chose d'important à vous dire.

— Et si tu me racontais ce qui ne va pas au collège ? m'a-t-elle demandé.

C'est mathématique

Le départ de papa avait tellement occupé mes pensées que j'en avais oublié mes mésaventures du samedi matin. J'y repensais sur le chemin du collège, en espérant que Marquès aurait passé un meilleur week-end. Peut-être qu'avec un peu de chance, il se trouverait un autre souffre-douleur...

Les élèves de la sixième C étaient déjà en rang sous le préau, l'appel allait commencer. Élisabeth se trouvait juste devant moi, elle portait un petit pull bleu marine et une jupe à carreaux qui descendait jusqu'aux genoux. Marquès a dû sentir que je la regardais, ou alors il a des yeux dans le dos, en tout cas il s'est retourné, l'air mauvais.

Pendant le cours d'histoire, alors que madame Henry nous racontait les dernières heures du pharaon Toutankhamon (à croire qu'elle était avec lui au moment de sa mort), je fixais la pendule avec appréhension.

L'heure de la récré approchait et l'idée de me retrouver dans la cour avec Marquès ne me plaisait pas du tout, mais quand la sonnerie a retenti, j'ai bien été obligé de suivre les copains.

Je m'étais isolé sur le banc où j'avais discuté avec le gardien pendant ma colle, lorsque Marquès est venu s'asseoir à côté de moi.

— Je t'ai à l'œil, me dit-il en m'empoignant par l'épaule. T'as pas intérêt à te présenter à l'élection du délégué. Je suis le plus vieux, c'est moi qui dois être chef de classe. Si tu veux que je te laisse tranquille, fais-toi discret, invisible ce serait encore mieux, et ne t'approche pas d'Élisabeth. J'te dis ça pour ton bien. T'es trop jeune, inutile d'espérer qu'elle s'intéresse à toi, tu te ferais de la peine pour rien, crétin.

Il faisait beau ce matin-là dans la cour du collège, je m'en souviens parfaitement. Comment pourrais-je l'oublier ! Nos deux ombres se côtoyaient sur le sol. Celle de Marquès aurait dû mesurer un bon mètre de plus que la mienne, question de proportions, c'est mathématique. Pourtant quelque chose clochait : mon ombre était bien trop grande pour moi…

Je me suis déplacé discrètement pour qu'elle prenne le dessus. Marquès ne se rendait compte de rien, moi, ce petit jeu m'amusait. Pour une fois, j'étais le plus fort, ça ne coûtait rien de jouer avec les ombres ni de rêver par la même occasion. Marquès, qui continuait de me massacrer l'épaule, a vu Élisabeth passer près du marronnier, à quelques mètres de nous. Il s'est levé d'un bond et m'a donné l'ordre de ne pas bouger. Aucun risque, j'allais être enfin tranquille, même si ce n'était pas pour longtemps.

Yves est sorti de la remise où il rangeait son matériel. Il s'est avancé vers moi et m'a dévisagé d'un air si sérieux que je me suis demandé ce que j'avais encore bien pu faire.

— Je suis désolé pour ton père, me dit-il, tu sais, avec le temps les choses finiront peut-être par s'arranger.

Comment pouvait-il déjà être au courant ? Le départ de papa ne faisait quand même pas la une des journaux ! La vérité, c'est que dans les petites villes tout se sait, les gens adorent connaître les malheurs des autres. Quand j'ai compris ça, la réalité du départ de papa m'est retombée une deuxième fois sur les épaules, comme un sac à dos qu'on aurait rempli de cailloux. Sûr que, ce soir, on en parlerait dans toutes les maisons des élèves de ma classe. Les uns diraient que c'était à cause de maman, les autres, la faute de papa. Dans tous les cas, je serais le fils incapable d'avoir rendu son père suffisamment heureux pour l'empêcher de partir.

— Tu t'entendais bien avec lui ? m'a demandé Yves.

J'ai répondu oui d'un hochement de tête tout en regardant fixement le bout de mes chaussures.

— La vie est mal faite. Moi mon père était méchant. J'aurais tellement aimé qu'il quitte la maison. Je suis parti avant lui, pour ne pas dire à cause de lui.

— Papa n'a jamais levé la main sur moi !

— Le mien non plus, a répliqué le gardien.

— Yves, si vous voulez qu'on devienne amis, il faut qu'on se dise la vérité. Je sais bien que votre père vous frappait, il vous emmenait même au fond du jardin pour vous donner des coups de ceinture.

Mais qu'est-ce qui m'avait pris de dire ça ? Je ne savais pas comment ces paroles étaient sorties de ma bouche. Peut-être que j'avais eu besoin d'avouer à Yves la vision que j'avais eue samedi alors que je rentrais de ma colle ?

Tout pâle, il me regarda droit dans les yeux.

— Qui t'a raconté ça ?

— Personne, ai-je répondu, confus.

— Tu es soit un fouineur, soit un menteur !

— Je ne suis pas un fouineur ! Et vous, qui vous a dit pour mon père ?

— Je portais le courrier à madame la directrice quand ta maman a appelé pour la prévenir. En raccrochant, la directrice était si consternée qu'elle en parlait encore à voix haute : « Ah, les hommes ! On ne peut vraiment pas leur faire confiance ! » Quand elle s'est rendu compte que je me trouvais en face d'elle, elle s'est sentie obligée de s'excuser : « Pas vous, Yves... », elle m'a dit. « Bien sûr, pas vous ! » elle a même répété. Tu parles, elle pense pareil de moi. À ses yeux, suffit d'être un homme pour être dans le mauvais camp. C'est bien connu, les hommes sont infidèles. Et on se demande bien avec qui, sinon avec des femmes qui trompent aussi leurs hommes ? Oh, je sais de quoi je parle... Tu comprendras quand tu seras grand.

J'aurais voulu faire croire à Yves que je ne savais pas de quoi il parlait, mais je venais de lui expliquer que notre amitié ne pourrait pas se construire sur des mensonges. Je savais parfaitement de quoi il parlait, depuis le jour où maman avait trouvé un tube de rouge à lèvres dans la poche du manteau de papa et que papa avait prétendu qu'il n'avait aucune idée

JAZZ
影子

de la façon dont il était arrivé là, jurant que c'était sûrement une mauvaise blague d'un copain du bureau. Papa et maman s'étaient disputés toute la nuit et j'en avais plus appris en un soir sur l'infidélité qu'avec tout ce que j'avais pu entendre dans les séries que maman regardait à la télé. Même sans image, c'est beaucoup plus réel quand les acteurs du drame jouent dans la chambre à côté de la vôtre.

— Bon, je t'ai dit comment j'ai su pour ton père, reprit Yves, maintenant à ton tour.

La sonnerie annonçait la fin de la récré. Yves a grommelé quelques mots, puis m'a ordonné de filer en cours. Il a ajouté que nous n'en avions pas fini tous les deux. Il est reparti vers sa remise et moi vers ma classe.

Je marchai face au soleil et me retournai soudain. L'ombre qui me suivait était à nouveau toute petite, celle qui devançait le gardien, bien plus grande. En ce début de semaine, une chose au moins était redevenue normale et ça me rassurait terriblement.

Maman avait peut-être raison : j'ai trop d'imagination et ça me joue parfois des sales tours.

NY...

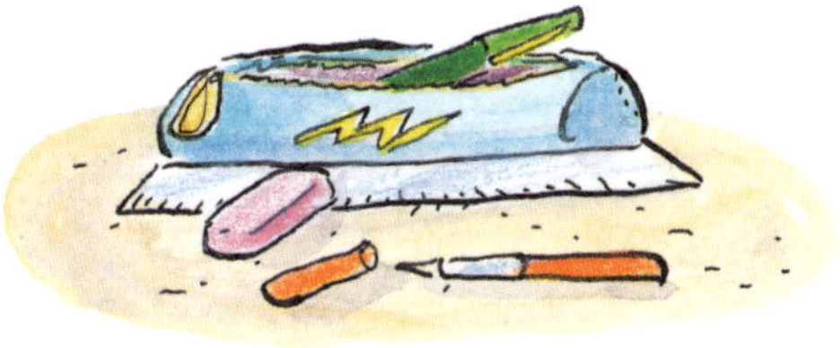

Un super-pouvoir

Je n'écoutais rien en cours d'anglais. D'abord, je n'avais pas pardonné madame Schaeffer de m'avoir collé et puis, de toute façon, j'avais l'esprit ailleurs. Pourquoi ma mère avait-elle téléphoné à la directrice pour lui raconter sa vie, notre vie ? Elles n'étaient pas amies que je sache ! Est-ce qu'elle imaginait les conséquences pour moi quand la nouvelle se répandrait dans tout le collège ? Je n'avais plus aucune chance avec Élisabeth. En supposant qu'elle aime les garçons à lunettes et de petite taille (ce qui était déjà une hypothèse plutôt optimiste), qu'elle soit attirée par tout le contraire d'un Marquès, le genre grand baraqué très sûr de lui, comment pourrait-elle tomber amoureuse d'un garçon dont le père avait quitté la maison puisque son fils ne valait pas la peine de rester ?

J'ai ruminé cette pensée à la cantine, en cours de géographie, à la récréation de l'après-midi et sur le chemin de la maison. Enfin, il y avait au moins une bonne nouvelle aujourd'hui : l'ombre qui s'étirait devant moi sur le trottoir me semblait familière, elle avait repris sa taille normale. Peut-être que, tout à l'heure sur le banc, lorsque Yves et moi étions assis côte à côte, nos ombres avaient chacune repris leur place…

Je me suis senti tout à coup plus léger et, en rentrant chez moi, j'étais bien décidé à expliquer à ma mère la gravité du pétrin dans lequel elle m'avait fourré. Mais en tournant la clé dans la serrure, je me suis dit que ce serait risquer de trahir Yves.

Ma mère rappellerait la directrice dès le lendemain pour lui reprocher de ne pas avoir gardé le secret et la directrice n'aurait pas besoin de se transformer en super-policière pour découvrir qui avait parlé.

Si je trahissais la confiance du gardien, nous ne serions jamais amis, et ce qui me manquait le plus dans ce nouvel établissement, c'était justement un ami.

Qu'Yves ait trente ou quarante ans de plus que moi m'était bien égal. Lorsque je lui avais mystérieusement chapardé son ombre, j'avais ressenti qu'il était digne de confiance. Il faudrait que je trouve un autre moyen de dire à ma mère que notre vie ne concernait que nous.

Nous avons dîné devant la télé, maman n'était pas d'humeur à me faire la conversation. Depuis le départ de papa, elle ne parlait presque plus, comme si les mots étaient devenus trop difficiles à prononcer.

En allant me coucher, j'ai repensé à ce qu'Yves m'avait expliqué à la récréation : avec le temps, les choses finissent parfois par s'arranger. Peut-être que dans quelques jours, maman reviendrait me souhaiter bonne nuit dans ma chambre, comme avant.

Cette nuit-là, même les rideaux tirés sur ma fenêtre entrouverte sont restés immobiles. Plus rien n'osait déranger le silence qui régnait dans la maison, même pas une ombre dans les plis du tissu. J'ai réuni tout mon courage et je me suis redressé dans mon lit. J'ai alors pris une décision très importante, probablement la plus importante de toute ma vie : j'allais lutter contre l'adversité.

C'est une phrase que j'avais entendue à la télé dans une série que maman regardait et ça tombait bien que je m'en souvienne parce que cette phrase était justement celle qui convenait à ce moment si crucial où je me suis promis d'accomplir quatre exploits :

1. Élisabeth me sourirait avant Noël. Plus tard on se marierait et pour toute la vie.

2. Je deviendrai chef de classe.

3. Je ferai en sorte que Marquès ne soit plus mon ennemi. Ou, du moins, que je ne sois plus le sien, ce qui en raison de mes deux exploits précédents en était un encore plus grand.

Le quatrième exploit m'est apparu quand soudain je me suis rappelé qu'en

une semaine j'en avais plus appris sur les malheurs des autres que depuis que j'étais né. Ce qui prouvait que mon nouveau collège regorgeait d'enseignements insoupçonnés. Ce que j'avais découvert sur l'enfance d'Yves m'avait fait prendre conscience que la mienne n'était pas aussi terrible que je l'imaginais. Mon père, même s'il était parti, était un homme bien, un papa qui n'aurait jamais levé la main sur moi. Et, le plus incroyable, c'est que c'était l'ombre du gardien qui me l'avait dit !

C'est là que j'ai deviné que je venais d'hériter d'un super-pouvoir. Les ombres des gens me confiaient leurs secrets, ceux qu'ils n'avaient jamais révélés à personne, parfois même pas à leur propriétaire.

Et c'est encore là, dans ma chambre sous les toits, alors que la nuit était plus noire que jamais, que j'ai fait mon quatrième vœu, un vœu gigantesque comme il n'en existe dans aucun livre, un vœu capable d'illuminer les ciels les plus sombres et d'apprivoiser la nuit.

J'allais utiliser ce pouvoir pour guérir les malheurs des autres et, par la même occasion, oublier tous les miens. Quand j'aurai accompli tout ça, mon père serait si fier de moi qu'il rentrerait à la maison, c'était mathématique.

J'étais presque impatient de retourner au collège !

J'ai posé ma tête sur l'oreiller et, alors que je commençais à m'endormir, j'ai soudain repensé à la phrase de ma mère :

« Tu verras, tout va bien se passer. »

C'est fou que les mamans puissent prédire l'avenir !

ATLAS

Le Petit Voleur d'ombres
t'attend déjà pour la suite
de ses aventures !

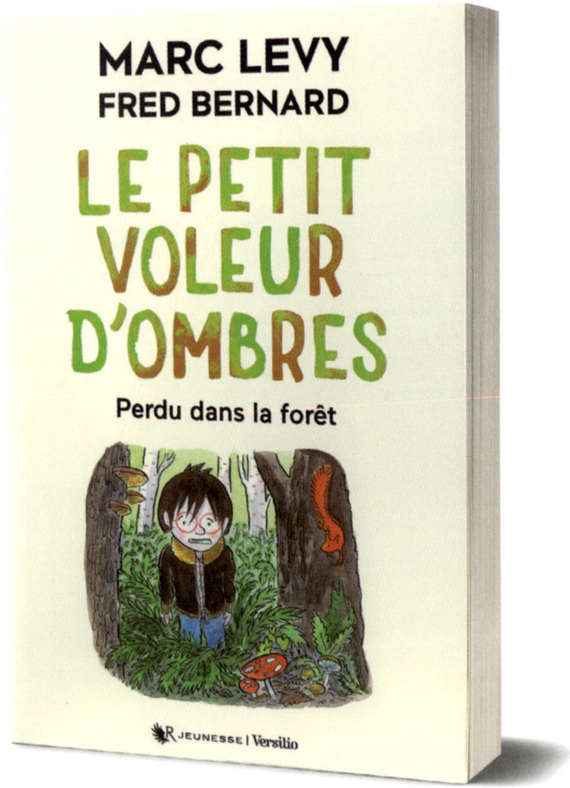